Comentarios de los niños para
Mary Pope Osborne, autora de
la serie " La casa del árbol".

Tus aventuras tienen tanta, pero tanta magia que me niego a leer otros libros. Sólo quiero los tuyos. Ben H.

Adoro la serie "La casa del árbol". Mi papá y yo la hemos leído entera. Kevin F.

Mi mamá y yo adoramos tus libros. Julie P.

Cada vez que termino de leer un libro tuyo quiero volver a leerlo. Tus aventuras son muy divertidas. Soo Jin K.

Cuando sea grande escribiré como tú. Raul A.

De todos los libros del mundo, los tuyos son los mejores. Nunca dejes de escribir. Karina D.

Adonde Annie y Jack vayan, ahí quiero ir. Matthew Ross D.

Queridos lectores:

Gracias a sus cartas he podido continuar con la serie "La casa del árbol".

Un día, mientras escribía "Leones a la hora del almuerzo" me quedé atascada tratando de encontrar una idea para el momento en que Annie y Jack se toparan con un guerrero masai. Finalmente, decidí tomar un descanso y comencé a leer algunas cartas de mis lectores. La que me escribió un niño llamado Mark, que vive en Massachusetts, me sugería que Annie y Jack visitaran la casa del árbol de regreso del supermercado, camino a la casa. En ese instante, se me ocurrió una idea para que Annie y Jack se hicieran amigos del guerrero masai.

Todo mi agradecimiento es para ti, Mark. Y para todos mis lectores. Porque gracias a su entusiasmo con la serie he conservado el deseo de seguir escribiendo.

La casa del árbol #11

Leones a la hora del almuerzo

Mary Pope Osborne
Ilustrado por Sal Murdocca
Traducido por Marcela Brovelli

LECTORUM
PUBLICATIONS INC

Para Shana Corey, con todo mi aprecio, por su gran ayuda.

LEONES A LA HORA DEL ALMUERZO

Spanish translation copyright © 2006 by Lectorum Publications, Inc.
Originally published in English under the title
LIONS AT LUNCHTIME
Text copyright © 1998 by Mary Pope Osborne
Illustrations copyright © 1998 by Sal Murdocca

This translation published by arrangement with Random House Children's
Books, a division of Random House, Inc.

MAGIC TREE HOUSE ®
Is a registered trademark of Mary Pope Osborne, used under license.

1-930332-98-X

Printed in the U.S.A.

10 9 8 7 6 5 4

Library of Congress Cataloging-in-Publication data is available.

ÍNDICE

1

Antes de almorzar

Annie y Jack iban camino a la casa, de regreso del supermercado. La mochila de Jack pesaba mucho. Habían comprado pan de molde y un frasco grande de mantequilla de cacahuate.

—¿Qué le pondrás a tu sándwich de mantequilla de cacahuate, miel o jalea? —preguntó Annie.

Jack quiso responder pero algo llamó su atención.

—¡Huy, Dios! —susurró.

—¿Qué sucede? —preguntó Annie.

—¡Mira *eso!* —dijo Jack, señalando hacia el límite del bosque de Frog Creek.

Entre las sombras del paraje vio un pequeño y frágil animal. Al parecer era un ciervo, y muy diminuto.

—¡Es una señal! —murmuró Annie—. ¿Recuerdas cuando vimos al conejo? Era una señal del salvaje Oeste.

De pronto, el cervatillo se esfumó entre los árboles.

Sin pensar demasiado, Annie y Jack corrieron detrás del animal hasta que lo perdieron de vista.

—¿Adónde se fue? —preguntó Jack.

—Ya no lo veo —dijo Annie. Pero cuando alzó la vista exclamó:

—¡Guau!

Iluminada por el sol brillante del mediodía, en la copa más alta del bosque, estaba la casa del árbol. La larga escalera de soga se balanceaba entre las sombras del follaje.

—¿Dónde está Morgana? —preguntó Annie.

No había nadie junto a la ventana. La misteriosa dama no se había asomado para saludarlos.

—No sé dónde estará. ¿Por qué no subimos? —sugirió Jack.

Ambos subieron por la escalera de soga y entraron en la casa.

La luz que se colaba por la ventana dejaba ver una enorme pila de libros y dos pergaminos antiguos en un rincón, que contenían las respuestas a los acertijos que Annie y Jack habían resuelto antes.

Aliviado, Jack se quitó la pesada mochila de la espalda.

—¿Nos habrá dejado Morgana el tercer acertijo? —preguntó Annie.

—¿A quién buscan? —pregunto una voz muy suave.

Jack y su hermana se viraron inmediatamente.

—¡Morgana! —exclamó Annie, sorprendida.

Morgana le Fay apareció de repente,

como por arte de magia. Con la luz brillante del sol se la veía anciana y, a la vez, adorable.

—¿Todavía quieren convertirse en "Maestros bibliotecarios" para ayudarme con mi trabajo? —preguntó.

—¡Sí! —contestaron Annie y Jack a la vez.

—¡Fantástico! —respondió Morgana. Y de los pliegues de su exótica túnica sacó un pergamino.

—Bueno, ustedes ya resolvieron dos acertijos. Aquí tienen el tercero —explicó. Y le dio el pergamino a Annie.

—Y para que puedan investigar, lleven esto. —Morgana volvió a buscar dentro de su túnica y sacó un libro, cuyo título decía: "PLANICIES DE ÁFRICA".

—¿África? —preguntó Jack—. ¡Dios! ¡Siempre he querido ir allí!

Annie y su hermano se quedaron mirando un dibujo en el que se veían varios animales: manadas de cebras, jirafas gigantescas, animales con cuernos y pequeñas criaturas similares a los ciervos.

—¡Ése es el animal que nos trajo hasta aquí! —dijo Annie.

—Creo que es una gacela —comentó Morgana.

—¿Y dónde están los leones? —preguntó Jack.

—Ya los verás —dijo Morgana.

—Bueno, tal vez tengamos que prepararnos para este viaje —agregó Jack.

—No. No es necesario —insistió la misteriosa dama—. ¡Pidan su deseo ahora mismo!

Annie señaló el dibujo del libro y, en voz alta y clara, dijo:

—¡Queremos ir a este lugar!

—¡Estén siempre alerta! ¡Tengan cuidado! —dijo Morgana.

—¿Por qué? —preguntó Jack.

—Por los leones.

—¡Espera, Morgana! —gritó Jack.

Ya era demasiado tarde.

El viento ya había comenzado a soplar.

De pronto, la casa del árbol comenzó a girar.

Jack cerró los ojos.

La casa giró más y más rápido.

Después, todo quedó en silencio.

Un silencio absoluto.

2

¡Salten, animales! ¡Salten!

La luz del mediodía volvió a inundar el interior de la casa del árbol. De repente, cerca de la ventana se oyó un crujido.

Annie asomó la cabeza y comenzó a reírse.

—¿Qué haces? —exclamó, sorprendida.

Jack se asomó enseguida. Una jirafa, de mirada tierna y dulce, comía las hojas del árbol.

Cuando miró alrededor, Jack descubrió un mundo fascinante. No podía creer lo que veían sus ojos: una planicie interminable, altos pastizales, un río ancho y miles de

pájaros y animales diferentes, demasiados para estar todos en un mismo lugar al mismo tiempo.

Las cebras y las jirafas estaban del mismo margen del río en que se encontraban Annie y su hermano. Las gacelas y los demás animales, de grandes cuernos, estaban del otro lado.

—¿Dónde están los leones? —preguntó Jack.

—No lo sé —contestó Annie—. ¿Tú crees que este sitio siempre está tan lleno de animales?

—Vamos a averiguarlo —sugirió Jack mientras tomaba el libro de África. Al ver un dibujo con muchos animales diferentes se detuvo a leer:

Cada año, al final de la primavera, miles de cebras, gacelas y ñus emigran de las planicies secas de Tanzania con destino a Kenia.

—¿Qué significa emigrar? —preguntó Annie.

Jack se acomodó los lentes y prosiguió con la explicación:

—Sucede cuando los animales se van a otro lugar, en una época determinada del año. Por ejemplo, cuando los pájaros se van al sur durante el invierno.

—Ah, ya entiendo —dijo Annie.

Jack pasó la página y continuó leyendo:

Antes de llegar a Kenia, los animales deben cruzar el río Mara. Primero, lo hacen las cebras, luego los ñus y, por último, las gacelas.

—¡Oh! —exclamó Annie, apenada.

—¿Qué sucede? —preguntó Jack.

—Pobres, parecen tan asustados —agregó Annie, apoyada junto al marco de la ventana.

En una parte lejana del río, amontonados sobre un alto banco de arena, los ñus observaban, nerviosos, el rápido curso del agua.

—¡Salten, animales! ¡Salten! —gritó Annie.

—No digas tonterías. Podrían oírte —irrumpió Jack.

—Me gustaría saber dónde están los leones —agregó, recorriendo la planicie con la mirada.

—No lo sé. Pero tengo que ir —comentó Annie.

—*¿Ir adónde?* —preguntó Jack.

—Al río. Quiero ayudarlos —contestó Annie.

—¿Ayudar a *quién?* —preguntó Jack.

—¡Voy a ayudar a los animales que están junto al río! Quiero ayudarlos a *emigrar* —explicó Annie.

—¿Te has vuelto loca? —insistió Jack.

Annie le dio el pergamino a su hermano y salió de la casa del árbol.

—¡Espera un momento! —dijo Jack—. ¡Ni siquiera hemos leído el acertijo de Morgana!

Annie se detuvo en la escalera de soga.

—¡Vamos, léelo! —dijo.

Jack desenrolló el pergamino y, en voz alta, leyó lo que decía:

> Soy del color del oro,
>
> y dulce como el azúcar.
>
> Pero ten cuidado con el
>
> peligro a mi alrededor.
>
> ¿Qué soy?

Annie bajó unos escalones más.

—¡Espera! —insistió Jack.

—Ya buscaremos la respuesta —agregó Annie.

—¿Qué haces? —preguntó Jack.

Nadie podía detener a Annie. Jack se quedó inmóvil, mirando a su hermana mientras bajaba por la escalera de soga. Luego, ella atravesó los pastizales, entre decenas y decenas de cebras y jirafas.

"No puedo creer lo que veo", pensó Jack. Guardó el libro de África en la mochila lo más rápido que pudo y bajó por la escalera.

Cuando pisó el suelo, miró a su alrededor con cuidado.

Las jirafas continuaban alimentándose con las hojas de los árboles.

Las cebras pastaban plácidamente.

Cientos de aves volaban por encima de su cabeza.

No hay por qué preocuparse", pensó. Aunque, aún tenía una pregunta:

"*¿Dónde están los leones?*"

3
Desastre

—¡Vamos, Jack! —gritó Annie, a pocos pasos del río.

—¡Espera un momento! —gritó Jack. Quería averiguar acerca de las cebras y las jirafas.

Con cuidado, hojeó el libro hasta que encontró el dibujo de un grupo de jirafas:

La jirafa es el animal más alto del mundo. Sus patas pueden llegar a medir seis pies. Y sus pezuñas pueden alcanzar el diámetro de un plato llano. Atacar una jirafa puede ser muy peligroso, ya que suelen defenderse con patadas

muy potentes. Por esta razón, los leones prefie-
ren evitarlas.

Jack tomó el cuaderno e hizo una breve
anotación:

Notas sobre África

los leones evitan a las jirafas

Luego, dio vuelta a la página del libro y
continuó leyendo:

Las cebras conviven en grupos familiares.
Debido a que ninguna de ellas tiene la misma
configuración de líneas, cada cría debe recor-
dar la de su madre en particular.

Jack observó las cebras detenidamente,
tratando de detectar diferencias en sus pela-
jes. Pero con la bruma de la tarde y tantas
líneas iguales, sólo consiguió marearse.

Luego trató de aclararse la vista y continuó leyendo:

Las cebras son las primeras en cruzar el río, ya que consumen la hierba más gruesa, la capa más alta. Luego cruzan los ñus, que consumen la capa siguiente. De esta manera, quedará lista la capa de hierba más tierna, que consumirán las gacelas, las últimas en cruzar.

"¡Guau!", pensó Jack *"Cada animal depende del anterior". Y luego escribió:*

animales dependen unos de otros

—¡Salten, animales! ¡Salten! ¡Ustedes pueden hacerlo! ¡No tengan miedo! —gritaba Annie, al tiempo que saltaba sobre el banco de arena.

"Será mejor que la detenga antes de que se meta en problemas", pensó Jack al oír gritar a su hermana.

De inmediato, apartó el libro y el cuaderno y corrió hacia la orilla del río. La mochila le pesaba demasiado. Se había olvidado de sacar el frasco de mantequilla de cacahuate.

"Será mejor que lleve las provisiones a la casa del árbol", pensó. Pero cuando se viró para ir, la voz de Annie dejó de oírse.

Jack miró hacia la orilla del río pero su hermana ya no estaba.

—¡Annie! —gritó.

No hubo respuesta.

—¿Dónde estás, Annieee? —gritó Jack en voz alta.

No había rastros de ella.

—¡Ay, Dios! —exclamó, Jack.

Acababan de llegar y ya su hermana se había metido en un lío.

Jack se olvidó de la carga que llevaba en la mochila y corrió a toda velocidad, abriéndose camino entre las jirafas y las cebras que pastaban por aquí y por allá.

—¡Socorro! —gritó Annie, de pronto.

4
Baño de inmersión

Jack miró en dirección al río.

Annie se había caído en un pequeño pantano de lodo, formado junto a la orilla del río. Estaba hundida hasta el pecho.

—Me resbalé —dijo—. Esto parece arena movediza.

Jack se quitó la mochila y se arrodilló.

—¡Ten cuidado! —dijo Annie—. ¡No quiero que te resbales tú también!

Jack señaló una maraña de raíces de un árbol viejo, que flotaba sobre la orilla del río.

—Agárrate de esas ramas —dijo.

En vano, Annie trató de agarrarse.

—¡Están demasiado lejos! —dijo, esforzándose por respirar—. Me estoy hundiendo.

En verdad, se estaba *hundiendo*. El lodo ya le llegaba al cuello.

—¡Aguanta, Annie! —gritó Jack, mirando hacia todos lados. De repente, vio una rama que se había caído cerca del banco de arena y corrió a buscarla. Cuando regresó, su hermana ya tenía el mentón enterrado en el lodo.

Jack trató de acercarle la rama y ella hizo un esfuerzo por agarrarse.

—¡Sujétate con fuerza, Annie! Trataré de arrastrarte hasta la orilla.

—¡Me hundo, Jack!

—¡Vamos, Annie! ¡Tú puedes hacerlo! ¡Trata de ayudarte!

Justo en ese momento, Jack oyó un "*splash*" sobre el agua.

Del otro lado del río, un ñu se había internado en el agua. Luego se metió otro y después otro más. Así, todos comenzaron a avanzar hacia Annie y Jack.

—Agárrate fuerte de la rama —insistió Jack, en voz alta.

Annie logró ascender un poco.

—Oye, Jack. ¿Recuerdas cuando fuimos a la Luna? Allí parecía que pesábamos menos que una pluma. ¡Aquí siento que peso una tonelada!

—Haz un esfuerzo, Annie. ¡Vamos! —insistió Jack, tratando de no resbalarse del banco de arena.

—¡Hago lo que puedo, Jack!

El ñu que iba al frente de la manada ya se encontraba a mitad de camino. El resto lo seguía unos pasos más atrás. Algunos todavía estaban fuera del agua.

—¡Es ahora o nunca, Annie! —Jack respiró hondo y tiró de la rama con *todas* sus fuerzas.

En ese instante, una sombra fugaz pasó por encima de ellos. Jack miró hacia arriba.

—¡Oh, oh! —exclamó asombrado.

Un buitre gigante sobrevolaba por encima de ambos.

—Seguro piensa que tu hora está próxima —comentó Jack.

—¡Vete de aquí! ¡No va a pasarme nada! —le gritó Annie al buitre.

Y en un arrebato de furia, soltó la rama y se agarró de las raíces con ambas manos.

—¡Eso es, hermana! ¡Vamos, agárrate con fuerza! —exclamó Jack.

Lentamente, Annie salió del pantano. Estaba cubierta de lodo de pies a cabeza.

Jack la ayudó a subir al banco de arena, ensuciándose también por completo.

—¿No ves? ¡Te lo dije, estoy bien! —dijo Annie, en voz alta y con los puños hacia arriba, como si quisiera desafiar al buitre.

Pero la horrible ave continuó volando en círculos sobre los niños.

—¡Vámonos de aquí, Annie! —dijo Jack, con prisa, mientras se acomodaba los lentes.

—¡Vaya! —dijo, mientras se limpiaba las manos en la hierba. Sus lentes estaban llenos de lodo.

—¡Oh, no! ¡Los ñus se van a quedar atascados en el pantano! —gritó Annie. Y comenzó a hacerles señas para desviarlos.

—¡Por aquí no! ¡Es muy peligroso! —gritaba Annie.

Pero los animales no detuvieron su marcha.

5
¡Huyan, cobardes!

—¡Oh, no! ¡No, por favor! —gritó Annie con desesperación.

Y corrió por el banco de arena, tratando de hallar un claro para que los animales la vieran.

—¡Eh, aquí! ¡Aquí! —gritaba.

Los ñus la seguían con la mirada.

Asombrado, Jack observó a los ñus cambiar el rumbo al oír a Annie que, desde la orilla, les hacía señas como un oficial de tránsito.

Jack agarró la mochila.

—¡Annie, vámonos antes de que la manada nos pase por encima! —sugirió.

—¡No se detengan, amigos! —gritó Annie, mientras avanzaba detrás de su hermano.

Jack y su hermana corrieron río arriba, alejándose de la manada. Hasta que se detuvieron para recuperar el aliento.

Luego, ambos volvieron la mirada a los ñus, ya encaminados hacia la otra orilla del río, donde comerían la hierba más tierna. Las cebras ya habían pasado por allí.

—¡Buen trabajo! —dijo Jack, mirando a su hermana.

—¡Gracias! —respondió Annie—. Bueno, ahora podremos dedicarnos a resolver el acertijo.

—¡No! ¡*Primero* tenemos que limpiarnos! ¡Mírate, tienes lodo hasta en los ojos! —dijo Jack.

De repente, una risa estruendosa, quebró el aire. Sonaba malvada y burlona.

Annie y Jack se viraron para ver qué era.

En medio de la alta hierba divisaron dos animales de color marrón, con el pelaje cubierto de manchas pequeñas.

Las criaturas de cuatro patas parecían perros salvajes, sólo que en el lomo tenían una especie de joroba pequeña.

—¡Vaya que son feos estos animales! —se burló Annie—. Ja, ja.

"¿A qué especie pertenecerán", se preguntó Jack, al tiempo que sacaba el libro de la mochila para investigar un poco, esforzándose por no ensuciarlo de lodo. Cuando encontró un dibujo con animales semejantes a los que tenía ante los ojos, se detuvo:

Después del león, la hiena es el segundo predador de la planicie africana. El sonido que emiten estos animales salvajes es similar a la risa humana, pero de tono más elevado.

—¿Qué quiere decir "predador"? —preguntó Annie.

—Son animales que cazan para comer —explicó Jack.

—¡Qué asco! —exclamó Annie.

Las dos hienas rieron al unísono. Y se acercaron aún más a los niños.

Jack continuó leyendo:

La hiena se caracteriza por ser un animal cobarde y ladrón.

—¡Veamos si es verdad que son cobardes! —susurró Annie—. Tratemos de asustarlas.

Las hienas se acercaron un poco más.

—¿Qué pretendes? —le preguntó Jack a su hermana.

—Actúa como si fueras un monstruo —sugirió Annie.

Con los brazos en alto, ambos hicieron muecas horrendas y se abalanzaron sobre las hienas.

—*¡GGGRRRRAAAA!* —exclamaron Annie y su hermano.

Los animales salvajes retrocedieron de inmediato y se esfumaron por entre la hierba.

—¡Huyan, cobardes! —gritó Annie.

—Será mejor que nos marchemos —sugirió Jack.

Ambos tomaron un recodo del río.

De pronto, la risa estruendosa de las hienas se oyó en la distancia.

—¡Excelente! —dijo Jack—. Ya están lejos de aquí.

—Oye, a lo mejor nos podemos bañar allí —sugirió Annie, señalando una pequeña laguna rodeada de hierba alta, donde bebían agua unas cuantas cebras.

—Sí —comentó Jack—. Si las cebras pueden beber de la laguna nosotros podremos bañarnos.

Annie y su hermano caminaron hacia la

laguna. Los animales continuaron bebiendo sin inmutarse.

Ya en la orilla, Jack dejó la mochila sobre la hierba y miró a su alrededor con atención. No había ningún león a la vista. Aunque en ese instante se oyó un sonido extraño.

De pronto, por detrás de los árboles que estaban cerca de la orilla de la laguna, apareció un animal enorme.

6

De punta en blanco

—¡Quédate quieta! —dijo Jack.

Annie y su hermano se quedaron tiesos como dos estatuas al ver al elefante que emergía de entre las sombras. Éste se desplazó pesadamente hacia la laguna y hundió la trompa en el agua.

—Mira lo que hace —dijo Annie.

Jack suspiró aliviado. El elefante no iba a correr para comérselos. Aunque, qué *enorme* era.

—Tratemos de escabullirnos —dijo Jack.

—Pero yo quiero ver lo que hace —suplicó Annie.

—Está bien —respondió Jack, cansado de los cambios de planes de su hermana—. Después de todo, no necesito tu ayuda para resolver el acertijo. Nos veremos en la casa del árbol.

Cuando se dio vuelta para marcharse, Jack sintió que le caía agua de lluvia.

Intrigado, se volvió a mirar. La trompa del elefante colgaba por encima de la cabeza de Annie.

—¡Qué bueno! ¡Me está dando una ducha! —exclamó encantada.

El elefante roció a Annie de arriba a abajo con su lluvia. Poco a poco el lodo fue desapareciendo; primero del rostro, después de la blusa y, por último de las piernas.

—Creo que a los elefantes no les gustan los niños sucios —comentó Annie entre carcajadas.

Ahora se veía completamente limpia. Aunque estaba empapada.

—Ahora te toca a ti —le dijo a su hermano.

Jack dio un paso hacia delante y cerró los ojos. Un chorro de agua gigantesco lo recorrió de la cabeza a los pies. En verdad, el agua se sentía como una *ducha*. Sólo que más potente que la del baño de su casa.

Cuando Jack estuvo completamente limpio, el elefante dejó oír un gruñido de satisfacción. Luego se metió en la laguna.

—¡Gracias! —dijo Annie.

—¡Sí! ¡Muchas gracias! —agregó Jack.

—¡Ahora sí que estoy de punta en blanco! —comentó Annie.

—Cuando termine de secarme al sol estaré como nueva —agregó.

—Muy bien —exclamó Jack—. Ahora nos pondremos a trabajar en serio.

Tomó la mochila del suelo y agregó:

—Debemos encontrar la respuesta al acertijo. Y será mejor que lo hagamos antes de que nos metamos en un problema serio.

"*¿Dónde estarán los leones?*", se preguntó, con nerviosismo.

De pronto, un pequeño pájaro sobrevoló por encima de su cabeza.

—Hola —dijo Annie.

—Según el acertijo, teníamos que encontrar algo dorado y dulce —comentó Jack.

—¿Qué quieres? —le preguntó Annie al ave.

El pájaro continuó revoloteando en el mismo lugar. Tenía el plumaje de un color gris apagado. Pero se lo veía alegre y chispeante.

—Annie, escúchame a *mí*. ¡Deja de mirar al pájaro! —dijo Jack.

—Pero trata de decirnos algo —agregó Annie.

—Creo que hoy vas a lograr volverme loco —comentó Jack, resoplando con furia.

—Yo creo que el ave trata de pedirnos ayuda. Tal vez sus pichones se cayeron del nido —insistió Annie.

—Annie, no puedes ayudar a cada animal de la planicie —dijo Jack.

—Pero este pájaro es importante, Jack. ¡Confía en mí!

El pájaro se internó en el bosque y se detuvo en una rama. Luego alzó la cabeza en dirección a los niños.

—Quiere que lo *sigamos* —dijo Annie.

El pájaro avanzó por entre los árboles del bosque. Annie corrió detrás de él.

—¡*No* entres allí! —gritó Jack—. Podrías encontrarte con...

No tuvo tiempo de terminar la frase. Annie y el ave ya habían desaparecido.

"Podrías encontrarte con una serpiente o con un león", dijo Jack para sí.

—¡Ven, Jack! —gritó Annie.

Lamentándose, Jack se colgó la mochila y comenzó a correr. El frasco de mantequilla de cacahuate le golpeaba la espalda.

7
¡Hola, amigo!

El bosque, cubierto de sombras, estaba más frío que la soleada planicie.

—¿Dónde estás? —preguntó Jack, en voz alta.

—¡Aquí! —respondió Annie.

Jack encontró a su hermana en un claro del bosque que los rayos del sol habían tejido entre los árboles, donde enredaderas y hojas de colores verdes muy variados se mecían bajo la luz moteada por las sombras.

El pequeño pájaro gris se sentó sobre una rama, llamando la atención de los niños entre gorjeo y gorjeo.

—¡Bhhhh! ¿Y eso qué es? —preguntó Annie, mientras señalaba un objeto redondo de color marrón, que colgaba de una rama. Un montón de abejas zumbaban a su alrededor.

—Si ese es su nido, es demasiado extraño —comentó Annie.

—Eso no es un nido —explicó Jack—. ¡Es una colmena! ¿No ves las abejas?

—¡Ayyyy! —exclamó Annie, dando un paso hacia atrás.

Pero el pequeño pájaro voló hacia la colmena y comenzó a picotearla.

—¿Qué hace? —preguntó Annie.

El pájaro continuó su labor.

—No sé qué hace. Tal vez se volvió loco, como tú —comentó Jack.

—¿Por qué no te fijas en el libro? Quizá diga algo interesante sobre su locura —agregó Annie.

—Bromeas, ¿verdad? —preguntó Jack—.

No creo que diga algo acerca de ese pájaro demente.

—Vamos, fíjate qué dice.

Jack abrió el libro de África y lo hojeó de prisa. No había ningún dibujo del pájaro gris.

—Es en vano —dijo.

—Por favor, sigue buscando —insistió Annie.

Jack dio vuelta a otra página, y... ahí estaba el dibujo; un pájaro gris, una colmena y un guerrero con el rostro pintado, con una lanza en la mano.

—¡No puedo creerlo! —dijo Jack, asombrado.

Debajo del dibujo decía:

A este pájaro se le conoce como guardián de la miel. Se le considera amigo y colaborador de los masai, una conocida tribu africana, destacada por su destreza y coraje en la lucha.

—¡Hola, guardián de la miel! —dijo Annie—. Yo sabía que tú eras importante.

Jack continuó leyendo:

El guardián de la miel es quien conduce a los masai hacia las colmenas. Después de que el nativo de la tribu ahuyenta las abejas y retira la miel, el pájaro se prepara para el dulce festín que le dará el panal.

—¡Qué bueno! —exclamó Jack—. Ellos también trabajan juntos, como las cebras, los ñus y las gacelas.

—Sí. Y el pájaro quiere que *nosotros* seamos sus ayudantes. Tenemos que espantar las abejas para que él pueda saborear la miel.

—¿Cómo lo haremos? —preguntó Jack, hojeando el libro. Pero no decía nada al respecto.

—Bueno, ¿por qué no agitamos esas hojas al lado de la colmena? —sugirió

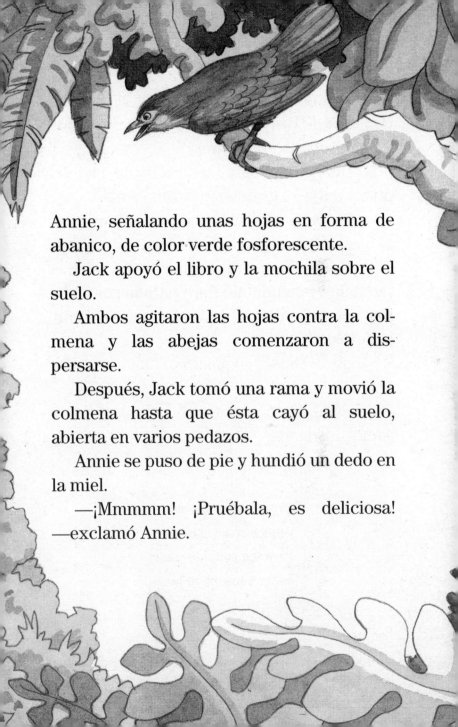

Annie, señalando unas hojas en forma de abanico, de color verde fosforescente.

Jack apoyó el libro y la mochila sobre el suelo.

Ambos agitaron las hojas contra la colmena y las abejas comenzaron a dispersarse.

Después, Jack tomó una rama y movió la colmena hasta que ésta cayó al suelo, abierta en varios pedazos.

Annie se puso de pie y hundió un dedo en la miel.

—¡Mmmmm! ¡Pruébala, es deliciosa! —exclamó Annie.

Jack tomó un poco de miel y la saboreó con gusto. Era la miel más deliciosa que había probado en su vida.

—Bueno, ahora el guardián de la miel podrá darse el gran festín —dijo Annie.

—Sí, pero será mejor que se apure. Las abejas volverán pronto —comentó Jack.

—Es extraño —dijo Annie—. La miel es tan dulce y saludable. Pero para llegar a ella hay que espantar a las abejas que son muy peligrosas.

—¡Ay, Dios! —susurró Jack—. *¡Lo tenemos!*

—¿Qué es lo que tenemos? —preguntó Annie, intrigada.

Jack recitó el acertijo de Morgana:

> Soy del color del oro,
> y dulce como el azúcar.
> Pero ten cuidado con el
> peligro que me rodea.
> ¿Qué soy?

—Ya sé —susurró Annie—. ¡Es la miel!

—¡Miel! —dijo Jack, sonriendo y asintiendo con la cabeza—. Eso es, hemos resuelto el acertijo de Morgana. Ahora podremos irnos a casa.

Jack se levantó para irse, pero en ese instante, se quedó sin habla.

Delante de él, parado entre las sombras, había un hombre alto, con una lanza y una espada curva colgada del cinto. Tenía el rostro pintado con colores fuertes y brillantes.

Jack supo al instante de quién se trataba.

Era un guerrero masai.

—¡Hola, amigo! —dijo Annie, en voz baja.

8
¡Qué delicia!

El guerrero miró fijamente a Annie y a Jack.

—Estuvimos ayudando a uno de los guardianes de la miel —explicó Annie.

El guerrero seguía inmóvil como una estatua.

—Nosotros no queríamos robar nada —dijo Jack—. En realidad, ya comimos bastante.

—Todavía debe de quedar un montón de miel, y de la buena —dijo Annie, sonriendo.

El guerrero entrecerró los ojos.

"¿Estará enojado?, se preguntó Jack.

—No queríamos entrometernos en su

camino —comentó Jack—. La verdad es que hemos venido en son de paz. Vinimos para traer regalos. —Jack tomó la mochila y se la ofreció al guerrero.

El hombre del rostro pintado ni siquiera se movió.

—Mire esto —Jack le mostró el libro.

El guerrero ni se movió.

—¡Ah, ya sé! —Jack buscó dentro de la mochila y sacó el frasco de mantequilla de cacahuate.

—¡Mire, es mantequilla de cacahuate! —dijo, y sacó también un trozo de pan—. ¿Quiere un sándwich de miel y mantequilla de cacahuate?

—¡Qué delicia! —exclamó Annie, mientras observaba al guerrero.

Éste se quedó observando el frasco de vidrio.

—Le mostraremos cómo hacerlo —dijo Jack.

Mientras le quitaba el papel al pan le temblaban las manos.

Annie abrió el frasco.

—No tenemos un cuchillo para untar la mantequilla de cacahuate —dijo.

—Usa los dedos —sugirió Jack.

—Perdón —le dijo Annie al guerrero—. Voy a tener que usar mis dedos. Pero le aseguro que están bien limpios. Un elefante me...

—Ya está bien, Annie. Hazlo de una vez.

—De acuerdo...

Annie untó la mantequilla de cacahuate sobre una rodaja de pan, con los dedos, naturalmente. Jack hizo lo mismo pero con un poco de miel.

Luego, unieron ambas rodajas.

—¡Sorpresa! —exclamó Annie, contemplando el rostro del guerrero.

El hombre tomó el sándwich pero no lo probó. Simplemente, se quedó mirándolo.

—¡Hagamos dos más para nosotros! —sugirió Jack—. Así no tendrá que comer solo.

Los sándwiches estuvieron listos en un minuto.

—¿Lo ve? —dijo Annie, y probó un bocado—. ¡Delicioso!

—¡Qué rico! —exclamó Jack. Los sándwiches estaban *deliciosos*.

Finalmente, el guerrero probó un bocado y lo masticó lentamente.

—A esto le llamamos "picnic" —explicó Annie.

Y continuaron saboreando los sándwiches en silencio.

Cuando terminaron, Jack tapó el frasco de mantequilla de cacahuate.

—No está mal para un almuerzo ¿no? —agregó.

El guerrero les obsequió una sonrisa amable.

Annie y Jack le devolvieron la sonrisa.

Luego, el guerrero se dio vuelta y se perdió entre los árboles.

—¡Ay, Dios! —exclamó Jack. Una parte de él deseaba seguir al guerrero silencioso a través de las sombras del bosque.

—¿Estás listo? —preguntó Annie suavemente.

Jack asintió con la cabeza.

—Aguarda —agregó, mientras guardaba el pan y la mantequilla de cacahuate—. Volvemos a la casa del árbol, ¿verdad? No vamos a hacer ninguna tontería, como rescatar un animal o perseguir algún pájaro extraño, ¿no?

—¡Esas no son tonterías! —se quejó Annie—. ¿Ya olvidaste que el pájaro nos dio la respuesta del acertijo?

—Sí, tienes razón —dijo Jack. Y miró al pequeño guardián de la miel, que aún trataba de extraer un poco de miel del panal.

—¡Gracias! —le dijo Jack al pequeño pájaro gris.

—Que disfrutes de tu fiesta —agregó Annie.

Jack se colgó la mochila y junto con su hermana, marcharon por el bosque.

Cuando pasaron por la laguna, vieron al elefante, todavía chapoteando en el agua. Al verlos, éste levantó la trompa, como si quisiera saludarlos.

—Nos vemos —gritó Annie, devolviéndole el saludo.

Luego atravesaron el recodo del río y los altos pastizales.

Cuando caminaban hacia la casa del árbol, a lo lejos, divisaron a los ñus. Algunos todavía estaban cruzando el río.

También vieron a una familia de cebras pastando.

Y a varias jirafas solas caminando de un árbol a otro, en busca de hojas tiernas.

Y vieron un grupo de leones durmiendo a la sombra de un árbol. *En la copa del mismo estaba la casa del árbol.*

—¡Oh, no! —exclamó Annie.

El corazón de Jack se sobresaltó.

—Así que *ahí* están —agregó.

9

En puntas de pie

Annie y Jack se escondieron entre las altas hierbas. Muy cerca de ellos había un león enorme, dos leonas y unas cuantas crías.

—Creo que están durmiendo —susurró Annie.

—Sí —agregó Jack—. Pero... ¿por cuánto tiempo?

Jack tomó el libro de África y comenzó a hojearlo. Encontró un dibujo de un grupo de leones que dormía debajo de un árbol.

Leyó lo que decía junto al dibujo:

Después de alimentarse, los leones descansan durante algunas horas.

—¿Y cuál habrá sido su almuerzo? —preguntó Annie, de repente.

—Ni siquiera me lo preguntes —respondió Jack. Y continuó leyendo:

Cuando los leones descansan, los demás animales saben que pueden pastar libremente y sin peligro.

—Si los animales pueden pastar, quiere decir que no corremos peligro —comentó Annie, mientras se ponía de pie.

—¡Espera! ¡No tan rápido! —exclamó Jack, de golpe, tomando a su hermana del hombro para que se agachara.

Jack miró a su alrededor con cuidado. Al parecer, las palabras del libro tenían mucho de cierto: las cebras y las jirafas se veían libres del acecho de los leones.

—Puede ser que por ahora las cebras y las jirafas estén a salvo. Pero no estoy seguro de que nosotros lo estemos. Necesitamos un plan —comentó Jack.

—¿Por qué no esperamos hasta que se vayan? —sugirió Annie.

—Eso podría tomar unas cuantas horas. Y además, los leones podrían despertarse hambrientos —explicó Jack.

—Sí, tienes razón —agregó Annie.

—Tengo una idea. Caminemos en puntas de pie —comentó Jack.

—¿Caminar en puntas de pie?

—¡Sí!

—¿Ése es tu plan? —preguntó Annie.

—Eso es. Caminemos en puntas de pie hasta la escalera de soga —agregó Jack.

—¡Pero qué plan tan brillante! —comentó Annie, con una sonrisa irónica.

—¡Hagámoslo ahora mismo! —Jack se puso de pie.

Y caminaron en puntas de pie, muy despacio y en silencio por entre los matorrales.

De repente, el león movió la cola.

Annie y Jack se quedaron paralizados.

Luego, avanzaron un poco más. El león estaba completamente dormido.

De pronto, una risa burlona y estridente quebró el silencio.

Annie y Jack se detuvieron.

¡Las hienas habían regresado! Estaban

paradas a un costado, bastante cerca de ellos, observándolos.

Annie y su hermano hicieron muecas y levantaron los puños para asustar a las hienas pero éstas se rieron más fuerte.

El león estiró las patas, como desperezándose. Y abrió los ojos, de color dorado.

Jack sintió que se le erizaba la piel.

El león levantó la cabeza y bostezó. Los dientes gigantes brillaban con la luz del sol.

Luego, todavía adormecido, volvió la cabeza mientras inspeccionaba todo a su alrededor.

Jack contuvo el aliento cuando su mirada se encontró con la del león, que se levantó al instante.

El corazón le latía con desesperación. Pero su mente corría más rápido. Tenía que pensar en algo, y pronto. De repente, recordó algo que había leído: *los leones evitan a las jirafas.*

Jack miró a su alrededor. Una jirafa se dirigía al árbol donde estaba la casa de madera.

En ese momento se le ocurrió un plan *nuevo.*

—Ponte debajo de esa jirafa —susurró Jack.

—Ahora eres *tú* el que se ha vuelto loco —agregó Annie, en voz baja.

Jack tomó de la mano a su hermana y la condujo hasta la jirafa.

Las patas del animal eran tan altas que

ambos pudieron quedarse parados debajo de su barriga, que Jack podía casi tocar con su cabeza.

La jirafa se quedó quieta unos cuantos segundos. Luego se movió lentamente hacia el árbol.

Annie y Jack caminaban al ritmo del animal.

Y así, se fueron acercando al árbol. Pero también a los leones.

Mientras tanto, el león los observaba de pie.

Cuando estuvieron muy cerca de la escalera de soga, Annie y Jack se abalanzaron sobre ella.

Annie subió primero.

Jack la seguía unos escalones más abajo.

Mientras ambos trepaban, el león rugió con furia y saltó sobre la escalera.

Las hienas rieron.

Jack trepó más rápido.

Dio un salto y se metió en la casa del árbol después de Annie.

Annie ya había desenrollado el pergamino. El acertijo había desaparecido. En su lugar, había una sola palabra, escrita con letras brillantes:

MIEL

Jack tomó el libro de Pensilvania, lo abrió y buscó el dibujo del bosque de Frog Creek.

—¡Queremosiraestelugar! —dijo, sin respirar.

En ese instante, la jirafa asomó la cabeza por la ventana.

—¡Adiós! Eres dulce como la *miel* —dijo Annie, y le dio un beso en la nariz.

Luego, el viento comenzó a soplar.

La casa del árbol comenzó a girar.

Más y más rápido cada vez.

Después todo quedó en silencio.

Un silencio absoluto.

10

Después de almorzar

Jack abrió los ojos. El corazón todavía le latía intensamente. La risa de las hienas aún resonaba en sus oídos.

—¡Lo logramos! —dijo Annie.

—Sí —agregó Jack—. Pero casi no salimos de ésta.

Jack se tomó un instante para recuperar la calma. Luego sacó el libro de África de la mochila y lo colocó sobre la pila de libros.

Annie colocó el pergamino junto con los otros dos.

—La jirafa fue la verdadera miel de nuestra aventura; dulce, del color del oro y con peligro a su alrededor —comentó Annie.

—Sí, ahora sólo nos resta resolver un acertijo —agregó Jack.

—Así es. ¿Estás listo para ir a casa?

—Estoy listo.

Annie se dirigió a la escalera de soga. Jack bajó detrás de ella y, juntos, atravesaron el bosque bajo el sol del mediodía.

—Ya es hora de almorzar —dijo Jack.

—Para mí fue suficiente con los sándwiches de mantequilla de cacahuate —comentó Annie.

—Para mí también —agregó Jack.

—¿Qué le diremos a mamá? —preguntó Annie.

—Le diremos que comimos algunos sándwiches mientras regresábamos del supermercado —explicó Jack.

—¿Y si nos pregunta *por qué*? —preguntó Annie.

—Pues... le diremos que fuimos de picnic a África y comimos con un guerrero masai —comentó Jack.

—Sí. Le diremos que comimos con él para que no se enojara con nosotros por robarnos su miel —agregó Annie, muerta de risa.

—Correcto. La miel que conseguimos gracias a un guardián de la miel —dijo Jack.

—Eso es. Y le diremos que todo eso sucedió *después* de que un elefante nos dio un una ducha con su trompa. Y que ahuyentamos a dos hienas.

—Correcto. Y que te caíste en un pantano de lodo por salvar a un centenar de ñus que querían cruzar el río para emigrar —comentó Jack.

—Así es. Y que *todo* eso pasó antes de que una jirafa nos salvara de las garras de un león —comentó Annie.

—Por supuesto —dijo Jack.

Annie y su hermano dejaron atrás el bosque de Frog Creek y tomaron la calle de su casa.

Por un momento se quedaron en silencio.

Luego, Jack se acomodó los lentes.

—Pensándolo bien, será mejor que le digamos a mamá que nos comimos los sándwiches cuando regresábamos del supermercado —dijo.

—Sí, tienes razón —agregó Annie.

—Y si mamá nos pregunta por qué... —comenzó a decir Jack.

—Le diremos que es una larga historia —terminó Annie.

—Sí. Una historia de diez capítulos —agregó Jack.

—Buena idea —dijo Annie, riendo.

—Excelente, diría yo —agregó Jack.

Luego ambos atravesaron el jardín de la entrada y, luego, el porche.

—Ya regresamos —gritó Annie.

—¡Fantástico! —se oyó desde la cocina—. ¿Listos para almorzar? —preguntó la mamá.

¿Quieres saber adónde puedes viajar en la casa del árbol?

La casa del árbol #1
Dinosaurios al atardecer
Jack y Annie descubren una casa en un árbol y al entrar, viajan a la época de los dinosaurios.

La casa del árbol #2
El caballero del alba
Annie y Jack viajan a la época de los caballeros medievales y exploran un castillo con un pasadizo secreto.

La casa del árbol #3
Una momia al amanecer
Jack y Annie viajan al antiguo Egipto y se pierden dentro de una pirámide al tratar de ayudar al fantasma de una reina.

La casa del árbol #4
Piratas después del mediodía
Annie y Jack viajan al pasado y se encuentran con un grupo de piratas muy hostiles que buscan un tesoro enterrado.

La casa del árbol #9
Delfines al amanecer

Annie y Jack llegan a un arrecife de coral donde
encuentran un pequeño submarino que los llevará
a las profundidades del océano, el hogar de los
tiburones y los delfines.

La casa del árbol #10
Atardecer en el pueblo fantasma

Annie y Jack viajan al salvaje Oeste, donde deben
enfrentarse con ladrones de caballos, se hacen
amigos de un vaquero y reciben la ayuda de un
fantasma solitario.

Photo Credit: 2012 by Elena Seibert.

Mary Pope Osborne ha recibido muchos premios por sus libros, que suman más de cuarenta. Mary Pope Osborne vive en la ciudad de Nueva York con Will, su esposo y con su perro Bailey, un norfolk terrier. También tiene una cabaña en Pensilvania.